Nuances

Sandrine Escriva

Nuances

Recueil

LE LYS BLEU
ÉDITIONS

ISBN : 979-10-377-9172-6

La poésie est une aventure vers l'absolu.

Pedro Salinas

Mondes intérieurs

Besoin

Besoin furieux et viscéral
De le prendre contre moi,
Toucher sa peau,
Sentir son odeur,
Le serrer contre moi
Et penser qu'il n'y a
Rien de mieux au monde
Que ce moment d'amour fulgurant
Dont il faut profiter
Avant qu'il ne soit trop tard,
Avant qu'il grandisse et me rejette gentiment,
Avant qu'il préfère les autres femmes,
Mon fils,
Sa chair dans la mienne, à jamais.

Cassée

Membres broyés, je ne sens plus la douleur,
Os pulvérisés, je les regarde éparpillés au sol,
Colonne brisée, je ne peux plus bouger, j'ai peur,
Chair brûlée, à vif, le sang coule et colle,
Articulations écrasées, immobile, je ressens la fureur,
Crâne cassé, je sombre dans la nuit silencieuse, je m'affole.

Au réveil, du blanc m'entoure, mon âme est prisonnière,
Coincée dans une enveloppe défectueuse, mon esprit travaille,
Réparer, panser, fermer les plaies, rééduquer, me dire des prières,
Aller au plus profond de mes ressources pour que ça aille,
Je vis en rêve embrouillé mon retour à la vie et j'espère,
Je me relèverai, je me l'ordonne, dans mon mental plus de failles.

Composition d'os, de plastique, de chair et d'acier,
Je renais peu à peu, je ne ressemble plus à moi,
Mais cet hybride peut reprendre les rênes de mon destrier,
Il peut recommencer une autre marche sur un sentier plus étroit,

Il peut concevoir un lendemain, moins éclairé,
Mais où mon âme peut continuer de crier, j'y crois.

Alors, avec ce corps mosaïque malade, bâtard, non fini,
Je me promets de viser désormais le beau, l'essentiel,
Pour que d'un ramassis de douleur et de chair meurtries,
Je parvienne à mes sommets auxquels j'étais restée fidèle,
J'accomplisse mes rêves incontournables, nécessaires, infinis.

Chaînes

Les fers aux pieds j'avance encore,
Sans choisir ma destination,
En vain, on l'a choisie pour moi,
Mais ces autres chemins m'appellent.

Pieds et poings liés pour longtemps,
Mon histoire n'a pas de hasard,
N'a pas le piquant du défi ;
Conformisme opaque qui englue.

Des chaînes me blessent et me retiennent,
M'empêchent de courir au-delà,
Bifurquer sur un coup de tête,
Et aller à contre-courant.

Un boulet lourd derrière moi,
Rend mon pas pesant, prévisible,
S'ajustant à la trace laissée
Du mouton juste devant moi.

File discontinue de fantômes,
Grisâtres, vidés de substance,
Sans flamme, errant dans les cendres,
Sans but ni envies, ils se cherchent.

Je ne veux pas leur ressembler,
Briser mes chaînes et fuir au loin,
Se sortir de ce corps enclume,
Avant que ma tête devienne métal.

En hauteur

Regard d'horizon lointain fixant les sous-bois,
Paillettes de lumière verte évanescente,
Pupilles fixant l'onde bruissante qui foudroie,
La vallée gronde et les nuages électriques,
Frappent les cimes, se déversent et les hommes ploient.
Août n'est pas conciliant et le vent s'en mêle.

Près des falaises, les embruns viennent cingler la peau
Le froid nous surprend, nous vole nos mains incapables.
La houle commande aux vagues de se dresser haut
Comme des murs salés à l'assaut, inlassables,
Des misérables masures et des frêles bateaux.

Je suis là, spectateur de cette colère,
Assis en hauteur sur un roc, trempé, heureux,
De connivence avec Nature et Dieux fiers,
Témoin de leur dispute, je m'imagine leurs feux,
Leur égal, sur le toit du monde vibrant et clair,
Je sens la puissance de la Terre et le souffle
Tranquille de mon cheval qui broute. Bientôt l'hiver.

Injonctions

Il faut être obéissante, ai-je entendu dire,
Ne pas blesser, contrarier, à tous faire plaisir,
P'tite fille modèle selon la comtesse de Ségur,
Enfance soumise donc agréable, polie et pure.
Je grandis en collant aux attentes de chacun,
Sans chercher mes potentialités, c'est certain.

Il faut avoir de bonnes notes, m'a-t-on répété,
On prolonge un chantage affectif effréné,
Moins tu poses de problèmes et plus on t'aime,
Mais c'est parce qu'on t'aime qu'on te guide et qu'on t'enferme.
Fierté parentale rime avec image de soi,
Aliénation de soi, éclatement d'un moi.

Il faut savoir faire des concessions, m'a-t-il dit.
Jongler entre, pour être amoureux épanouis,
Factures, balais, boulot, strings et casseroles,
Sans oublier de laisser à l'autre le beau rôle,
Ses jeux, ses goûts, ses proches, sa personnalité.
Esclave d'un rythme séculaire, poumons broyés.

Il faut que tu joues avec moi, demande l'enfant.
Dernière étape d'un être qu'on aspire goulûment.
Je m'efface, souriant, face au nouveau tyran,
Fière, épuisée, comblée et reconnaissant
Devoir tout lui donner et il pourra peut-être
Réaliser tout ce que je n'ai pas pu être.

Il faut intégrité et sagesse, paraît-il,
Quand vient l'âge vénérable, que les années s'empilent.
Quand pourrais-je laisser éclater joie et colère ?
Laisser le loup en moi hurler sans le faire taire,
Courir en tous sens et chasser sauvagement
Brandissant son trophée sanglant et frémissant,
Fièrement.

Insomnie

Je ne dors pas.
La nuit a tout recouvert,
Je ne dors pas.
Mes yeux s'acharnent à voir des traces lumineuses dans cette masse obscure,
Je ne dors pas.
Une ribambelle de pensées qui s'enchaînent à toute vitesse,
Je ne dors pas.
Entité omnisciente, essoufflée, éperdue, dans une mare d'immobilité silencieuse,
Je ne dors pas.
La force de ma conscience au paroxysme va forcément rompre cette chape de plomb,
Je ne dors pas.
Rien à faire, les fantômes protègent leur territoire, mes assauts n'y font rien.

Le cauchemar

Les monstres dans l'ombre se cachent
Dans les sombres drapés de son sommeil.
Le cheval aux yeux aveugles prépare
La scène de damnation nocturne.
Le nain nu au regard glaçant
Emprisonne la femme de lumière.
Les démons veulent voler son âme
Et les créatures hideuses, les pervers lubriques
Aux têtes de chien, tout droit sortis des enfers
Font tomber les rideaux de sa conscience affolée.
Les ombres terrifiantes à l'agonie font passer
La belle endormie, du rêve au cauchemar.
Abandonnée dans sa peur irréelle, sa détresse,
Coincée dans sa terreur obscure, le démon voleur d'âme
Vient chercher sa proie. Il nous regarde !
Vite, cachez-vous, il arrive !

Les mots

Les mots magiques guérissent les âmes,
Ils créent l'amour, tarissent les larmes.
Un seul mot, pour nous, nécessaire,
Peut éclaircir nos ténèbres.

C'est le plus grand don fait à l'homme ;
Manier les mots tels des armes,
Nommer pour comprendre et grandir,
Dénoncer, guider, soutenir.

Langage et pensées s'affinent,
L'un soutenant l'autre, devinent
L'abîme des possibles pour dire
Ce que veut le cœur pour s'épanouir.

Ces mots bouillonnent parfois en moi
Éperdus, brûlant dans mon foie,
Veulent à tout prix trouver une voix,
Une issue pour montrer la voie.

C’est comme une transe mystique,
Une manifestation magique,
Je laisse sortir ces furies
Que j’ordonne, je range et je trie
Car elles sont myriades éclatantes,
Indomptées et terrifiantes.

Mise en abîme

Trouver des réponses,
Envoyer le corbeau blanc traverser les ténèbres de mes vies.
Trouver des proches,
Des témoins des anciens mondes capables de dissiper les ombres.
Trouver des échos,
Des vibrations familières des lieux marqués par mon histoire.
Trouver mon arbre,
L'abri chauffé par le feu de mes souvenirs ravivés.
Trouver mon refuge,
Nid habité par mon âme sœur du fond des âges qui m'attend.
Trouver des réponses,
À cette quête séculaire où j'erre sur ces sentiers circulaires.

J'ai peur de ces gouffres tournoyants
Où je bascule, mes yeux larmoyants
Fixés sur l'horizon vacillant,
Abîmes de brumes et mers répondant
À mes questions silencieusement.

Mission

À quels points de vue donner caution ?
Vers quels chemins dois-je orienter ma dévotion ?
Dans quels buts imaginer mes actions ?
Envers quel Dieu montrer mon admiration ?
Comment envisager un chemin de vie sans questions ?
Donner du sens à l’évolution,
Ne pas se tromper, refuser la destruction,
La soumission et les machinations.
Équilibrer raison et passion,
Rester intègre, digne, sans démission,
La tête froide sans renier les émotions.
Pour les questions, garder toujours ma fascination,
Car sans esprit critique, sans opposition,
Pas d’amélioration.
Garder mes rêves sans tomber dans la fiction,
Pour mes espoirs, pas de diminution,
Espérer un futur meilleur, sans compromission,
Où gentillesse, altruisme ne sont pas condamnation.
Être sans peur et peu importe les réactions,
Cheminer tête droite parmi les relations,
Le but est de trouver ma mission.

Musique

J’entends ce dialecte du fond des âges,
Mes veines bouillonnent, ma tête éclatant,
Les voix m’appellent, rythme lancinant
Qui me grise, m’enivre, me met la rage.

Coincée dans un sud sec, vide et plat,
Mes tripes et mon âme sont au nord.
Mon histoire, pas ici, est là-bas
Où loups et corbeaux sont leurs supports.

Je m’oublie, m’étourdis dans ce son
Qui m’emporte, me ramène chez moi.
Élixir de voix, tagelharpa,
Sanglots de vie et runes sur mon front.

Souffle de vies anciennes qui m’épient,
Chuchotent, m’exhortent à les rejoindre,
Je reconnais ces fantômes qui prient
Pour que dure leur écho à cœur fendre.

J'entends ce langage du fond des âges,
Je ressens les chants des pierres, des arbres,
J'accueille toutes ces sombres palabres,
Je capte les vibrations de leurs plages.

J'entends au fond de moi cette musique,
Je rentre dans les sous-bois de ma nuit,
J'entends au fond de moi cette musique,
Je renais et mon vieux moi s'évanouit.

Où es-tu ?

Soleil glacé dont ma peau entend l'appel, je frissonne et cours jusqu'à toi.
La nuit arrive et j'hésite. Parcourir les mers, creuser la terre, scruter les forêts,
Tant de vies à te chercher.
Chuchote-moi des mots bienfaisants, donne-moi un signe,
Et je t'entendrai, je te reconnaîtrai.
Mes sens à l'affût tentent de percer la couverture opaque de la réalité.
Je te perçois, mille fois je t'imagine, j'arrive à sentir ton odeur.
Tant de siècles à traverser, tant de cycles à braver, je te rejoindrai, je le sais.

Faire galoper mon cheval noir, embarquer sur un fier drakkar,
Arpenter les forêts chuchotantes, pleines de mauvais souvenirs,
Enfourcher le corbeau messager qui survole les neuf mondes,

Jamais ne renonçant à ma quête, je sens presque ta main frôlant la mienne,
J'arrive presque à distinguer ton visage, à caresser tes cheveux emmêlés,
Je capte tes chuchotements dans une langue que je ne comprends pas,
Mais qui m'est si familière, dont les accents se mêlent
À toutes les autres langues que j'ai pu parler autrefois. Je te retrouverai.

Réminiscences 1

Au plus fort de la nuit, quand la conscience n'est plus,
À travers épais brouillards et odeurs humides,
La scène s'éclaire dans une profonde forêt du nord
Où les sapins empêchent les rayons lumineux
D'atteindre les chemins terreux bordés de fougères.

Je suis à cheval dans cette dense forêt,
Et n'entends que le souffle fort et régulier
De l'alezan qui m'emporte au petit galop,
Ainsi que le martèlement de ses sabots.
Je vois la vapeur irradier de son museau.
Le rythme rapide et régulier de sa course
Et la puissance de son corps musclé me rassurent.
Le froid cingle mes joues, mon front et mes oreilles.

Personne aux alentours et plein d'yeux sur mon dos,
Le silence de la forêt bourdonne et m'inquiète.
Aux aguets, mes sens électrisés m'enserrent.
En danger, je fuis, je cherche ou je m'échappe.
Je ne sais pourquoi, je suis un garçon en fuite.
La lanière de mon carquois m'entame l'épaule
Et je sens une cuisante blessure au genou droit.

Voilà le rêve récurrent
Que je fais depuis mes six ans.

Réminiscences 2

Tranquillement endormie, errant parmi les songes,
Je plonge confiante dans un océan d'oubli.

Détonations saccadées, des bruits de métal
Et de fer assourdissants vrillent mes tympans.
Chaleur acide mêlant gouttes de peur et de chaud.
Le soleil est déjà levé dans cet enfer,
Soldats mi-hommes, mi-bêtes, armés de mitraillettes
Hurlant la mort, tellement sûrs de leur toute-puissance,
Ils traquent jusqu'à la moindre parcelle de vie.
Je suis là, étendu au sol en contre-bas,
Sans casque et sans armes, mon cœur tambourine trop fort.
Je ne respire plus de peur qu'ils me repèrent.
Je ne vois que des fragments de jambes, d'uniformes
Et la pointe de leurs fusils braquée vers le bas.
Bien qu'ils pensent avoir eu toute la vermine,
Moi, je suis toujours là, haletant et en vie,
Comptant les secondes qui éloignent les démons
De mon si dérisoire abri de débris humains,
Le cadavre d'un soldat couvrant tout mon corps,
Son poids m'écrase, me plombe mais me protège,
Je tremble et je souris, je vais m'en sortir.

Ce rêve a souvent rythmé mes nuits
Alors que j'étais bien trop petite
Pour savoir quoi que ce soit de la guerre.

Rêve bouddhique

Je suis le cheval qui galope
Sur le sable lourd et mouillé,
Coursant le soleil qui s'échappe,
Ivre de vent, de liberté.

Je suis l'imposant rapace
Aux larges ailes déployées,
Dont l'œil scrute au loin l'espace,
Et la vallée, en messager.

Je suis le vieux loup gris, l'alpha,
Dans la neige et le froid, veillant
Aux miens, garant de leur état,
Chassant, poussant maints hurlements.

Je suis l'arbre centenaire,
Lacéré, sage et résigné,
Témoin de l'âpre temps qui erre,
Œuvrant pour un futur sacré.

Je suis la pierre d'éternité,
Sombre, froide, vivante et vibrante,
Renfermant en moi les secrets,
Chants de la forêt, résonnante.

Je voudrais être tout à la fois,
Air indocile, eau indomptée,
Végétal, animal, feu roi,
Mais renaître en homme, jamais.

Sauvagerie

Lâcher la bride,
Lâcher du lest,
Crier, courir,
Libre, sauvage.

Ne plus du tout avoir peur,
Ne plus craindre les regards,
Médisances et bienséance,
Plus de juge, plus de loi.

Lâcher la bride,
Lâcher du lest,
Crier, courir,
Libre, sauvage.

Briser les convenances,
Rire face aux hypocrisies,
Bousculer, heurter, frapper,
Dénoncer les apparences.

Lâcher la bride,
Lâcher du lest,
Crier, courir,
Libre, sauvage.

Pour briser tous les carcans,
Pour libérer tous les arts,
Épanouir les différences,
Trouver l'authentique parole.

Lâcher la bride,
Lâcher du lest,
Crier, courir,
Libre, sauvage.

Libérées et déchaînées,
Toutes les voix peuvent se trouver,
Toutes les voies peuvent s'emprunter,
Étrange chaos cohérent.

Lâcher la bride,
Lâcher du lest,
Crier, courir,
Libre, sauvage.

Sens ?

Sentez-vous le lisse pastel du soleil qui arrive ?
Touchez-vous le grave et vibrant lit aux draps chauds ?
Goûtez-vous le parfum de la personne endormie ?
Entendez-vous sa respiration acidulée ?
Voyez-vous la sonore exhalaison de la pièce ?
Moi, je sens le désir,
Je touche les fantasmes,
Je goûte les rêves interdits,
J'entends l'amour qui parle,
C'est sucré, parfumé,
Rythmé, velouté, puis
Un violent clair-obscur.
Entrelacs de jambes,
Des doigts qui se nouent
Et des mains qui se crispent,
Murmures qui sentent le sel,
Respiration,
Excitation,
Passion.

Traces

Face à la glace, je cherche des traces,
Des marques laissées par tous ceux qui
Ont laissé leur empreinte pugnace
Sur mon corps, mon âme ou bien ma vie.

La ronde des vieux qui s'en vont,
Laissant des bijoux, habitudes,
Des sourires ou des maux profonds,
Marqueurs d'une enfance insouciante.

Cicatrice au genou, ma mère
M'emporte à l'hôpital où elle
Y mourra, mordue par le fier
Précoce vampire Cancer.
Ses cheveux de blé, ses yeux clairs,
Son rire m'accompagnent encore.

Traces sur mon ventre meurtri, reflet
Des violences d'enfantements ;
Vie avortée non acceptée,
Et heureuse naissance pansement.

Ventre jamais vraiment guéri,
Entre regret, deuil, nostalgie.
Déchiré, coupé, sectionné,
Bonheurs, douleurs y restent cachés.

Rides au coin des yeux qui se plissent
Cherchant les êtres que l'on oublie,
Le regard vers l'horizon lisse ;
Il faut avancer à tout prix,
Mais des coups d'œil en arrière,
Nécessaires, pour penser encore
À ceux en nous qu'on garde en vie.
Réel flou, le passé s'éclaircit.

Mondes alentour

Ailleurs

Anne Bonny cherche un ailleurs
Pour y dissiper toutes ses peurs,
Pirate travestie en homme,
Aucun mâle capable ne l'enferme.
Ivre de vents, ivre d'espace,
Elle veut plus que cette place.

Son père qui s'oppose ; incendié,
Son mari minable ; trompé,
Amants, maîtresse ; utilisés,
Marins fouineurs ; assassinés,
Soldats qui la pourchassent ; tués,
Place mièvre de la femme ; vengée.

Plus forte qu'eux pour résister,
Plus terrifiante pour exister,
Anne Bonny a tout sacrifié.
Enfant de la honte déclarée,
Sa haine la guide, enfiévrée.
Seule sur le navire pour régner.

Cruauté nécessaire pour l'heure,
Contre l'homme, crier la rancœur,
Et prendre sa place en somme,
Gouverner, solide et ferme,
Parvenir à prendre de force
Le pouvoir qui sans cesse s'efface.

‘Tain d’chat

Chat de merde quand tes touffes de poils noirs s’amassent
sur mon carrelage blanc.
Chat d’amour quand allongé, tu t’étires en tendant ta
patte jusqu’à ce qu’elle me touche.
Chat de merde quand tu me prends pour ton portier
50 fois par jour alors que tu as une chatière.
Chat d’amour quand tes yeux d’or à demi fermés me
montrent ton amour.
Chat de merde qui paraît offusqué quand je te caresse alors
tu ne m’en as pas donné l’autorisation.
Chat d’amour qui se met à ronronner dès mon arrivée.
Chat de merde qui miaule pour une gamelle que finalement
tu délaisses quand tu l’as sous les yeux.
Chat d’amour qui patoune et pétrit vigoureusement jusqu’à
ce que la douleur soit trop insupportable.
Chat de merde à 500 euros qui devait être de race alors que
tu n’es qu’ébène de gouttière.
Je savais que tu serais une grosse arnaque indispensable…

Con - sommation

Je consomme donc je suis,
Tu consommes donc tu suis,
Plus aucune situation sans ingérer un petit quelque chose.
Plus aucune situation sans payer un petit quelque chose.
Au cinéma sans pop-corn : impossible.
Avec les potes, sans un verre à la main, impossible.
Sur le Net sans rien acheter, impossible.
Prier les morts sans bouquets ni reliques, impossible.
Naissance, retraite, invitation en venant les mains vides, impossible.
L'argent devient sentiment,
Puisqu'il mesure combien nous aimons,
Puisqu'il prouve la force de notre attachement.
Je t'aime aujourd'hui à valeur de 50 euros.
20 euros de joie, 40 de regrets.
Le portefeuille est vitrine de nos émotions,
Tout comme notre estomac ; nous associons digérer et partager.
La consommation, ce rapace qui dépasse le spontané,
Qui asservit l'humanité,
Qui remplace le cœur par la démonstration financière,

Qui conditionne l'homme à acheter ce qu'il est de bon ton,
En toute situation,
Fixant un prix à toute émotion.
Un jour peut-être,
Ce sera la fin de l'infarctus,
Puisque PayPal remplacera cœur, poumon ou utérus.
Plus de pleurs ; pas prévus par les chéquiers,
Immortalité via les billets.

Chez moi

Bleue, l'étendue calme et scintillante qui recouvre les cadavres,
Blancs, les rochers en bordure de mer qui cachent l'innommable,
Rouge, la peau brûlée qui empêche de dormir et tombe en lambeaux,
Jaune, l'implacable boule de feu qui transforme la région en désert.
Verts, les buissons qui résistent, se battent contre la sécheresse,
Le vent, les hommes envahissants, jusqu'au prochain brasier.
Toutes ces jolies couleurs cachent le drame de la Provence.

Zone qui se défend mais qui étouffe,
Zone meurtrie, qui meurt de soif.
Pauvre fille du soleil et de la mer,
Tu ne chantes plus, tu te fanes, tu pleures.

Je suis donc je suis

« Je suis Charlie »
Parce que le crayon a tous les droits.
« Je suis policier »
Parce qu'il est le dernier rempart contre l'assaillant.
« Je suis Juif »
Parce qu'il est aberrant de parler encore de racisme religieux.
« Je suis sur écoute »
Parce que mon cocon est sacrément inviolable.
« Je suis Paris »
Parce que les attentats saignent dans ma chair.
« Je suis chien »
Parce qu'on n'asservit pas que nos semblables.
« Je suis circonflexe »
Parce que la langue détermine notre pensée.
Je suis « #MeToo »
Parce ce que futur ne peut rimer avec barbarie.
« Je suis sick of this shit »
Ouais…
Mais à clamer ce que je suis et ce que je soutiens,
Qui suis-je vraiment, moi ?
Que fais-je vraiment, moi, pour les combats auxquels je prétends m'associer ?
Sick of this shit…

L'amour

L'amour est l'abstraction la plus concrète,
Celle qui régit la vie de tous,
Qui cause nos accalmies et nos tempêtes,
Nos doutes, nos joies et nos frousses.

L'amour, en fait, c'est ce sale petit ange
Qui vous transpercera un jour,
Qui exacerbera vos sens ; enrage
Jusqu'à brûler comme dans un four.

L'amour s'attrape comme une crise de foie,
C'est quand on s'y attend le moins,
Que nos yeux voient pour la première fois,
Tout devient vibrant, clair et plein.

L'amour n'a pas l'allure du prévisible,
Il a les traits d'une femme douce,
D'un jeune fou ou d'un homme raisonnable,
D'une battante ou d'un vieil ours.

Fermez surtout pas la porte à l'amour,
Il passerait par la fenêtre,
Même si nous voulions l'abattre,
Il se relèverait plus fort, toujours.

L'amour, ce sont des mains qui se cherchent
Ou bien des peaux qui se frôlent,
Des joues que du bout des doigts on touche,
Des cheveux qui des doigts s'écoulent.

L'amour ; rencontre d'une personne qui change tout,
Un emboîtement évident,
Magie d'une reconnaissance d'un être flou,
Inconnu, familier pourtant.

L'amour, rubis de nuit, éclat du jour,
Larme de cristal, coup de marteau,
Comme une plume légère ou un rocher lourd,
Un cèdre millénaire et beau.

L'amour ravit et revêt toutes les formes,
Enfant, ami ou bien amant,
Animaux, nature ou bien Dieu même,
Le plus sacré des sentiments.

Fermez surtout pas la porte à l'amour,
Il passerait par la fenêtre,
Même si nous voulions l'abattre,
Il se relèverait plus fort, toujours.

La Chute des Dieux

Quelle espèce passe son temps à inventer d'autres dimensions quand la réalité ne suffit plus ?
Quelle autre espèce est capable d'atteindre l'absolu par l'art ?
Quelle espèce transfigure le réel par l'amour ?
Quelle espèce est capable de tant d'espoirs et d'efforts pour ressentir l'harmonie ?
Quelle autre espèce travaille autant pour son propre progrès ?
Quelle espèce fait autant de rêves ?
Quelle espèce défie l'impossible ?
Quelle autre espèce s'attache à ériger des paradis en même temps qu'il bâtit des enfers ?
L'homme seul sait voir un soleil éclatant en pleines ténèbres.
L'homme part en guerre mais il est sensible à l'odeur délicate d'une rose, aux accents vibrants d'une musique, à la pureté d'un paysage, aux rires d'un enfant.
L'homme enjambe les ornières, dépasse les obstacles et se dépasse lui-même.

Il sait sa cupidité et sa capacité à être dans le don de soi. Il connaît son orgueil et son empathie. Il vise la toute-puissance et sent tellement vulnérable…
Quelle autre espèce est ange et démon ?
C'est que nous sommes des dieux. Des dieux dans des corps de bêtes. Tiraillés sans cesse. Un pas en avant et deux pas en arrière sur la pente du mal comme sur la côte du bien.
Nous sommes multitudes divines, capables d'innombrables atrocités en même temps que nous aspirons au bonheur de tous.
Il n'y a d'autres paradis que ceux à qui nous donnons le jour sur terre. Pas d'autres enfers que ceux que nous façonnons de nos mains chaque jour.
Qu'espérer après notre vie, alors ?
Recommencer, et faire mieux. Chercher une joie inaccessible, puisque, plus notre intelligence croît, moins le bonheur est à portée de main. Notre cerveau nous montre notre inaptitude au bonheur et à l'équité. Être de plus en plus intelligents nous rend de plus en plus névrosés.
Bienvenue au 21e siècle ; celui de la chute des dieux, infâmes et lucides que nous sommes.
Nous tenons dans nos mains, déjà, le poison qui nous ronge et qui annonce notre inévitable extinction.

Luxe, confort et débilité

Luxe, confort et débilité
En trois mots, voilà notre société,
Sournoisement affairée à nous gaver,
Nous faire nous sentir bien, divertis et rassasiés.

Nous avons tout ce qu'il nous faut et plus encore,
Le frigo plein, les jouets, les activités sans effort,
Les écrans, la technologie qui permet la communication
Alors que nous sommes si repus qu'il n'y a plus de combat ni dénonciation.

Des besoins assouvis, des facilités pour s'exprimer
Mais des cœurs vides car sans souffrances, il n'y a plus que des fantômes muets
Errant dans une vie bondée,
Alors, infinité de creuses paroles qui ne font plus grandir l'humanité.

Les voilà, les moutons soumis et contents de l'être,
Asservis, aimant leur canapé, leur télé, leur prison dorée,

Endormis, passifs, souriant face à l'étiolement de leurs libertés,
Du moment qu'on a pop-corn, Netflix et le paraître.

Confort indécent qui engendre individualisme forcené,
Égoïsme et absence d'équité.
Coupés des autres, certains ne savent plus rien de la bienséance,
Ignorent les règles, les repères, les cadences.

Alors naissent les nouveaux barbares,
Fruits des batailles de tant de générations passées,
Qui espéraient que leurs sacrifices serviraient
À un âge d'or, pas à une nation de tares.

Marseille

Elle a beau rimer avec soleil,
Il y a des hommes nuages qui assombrissent le paysage.
Saleté, insalubrité, promiscuité, insécurité,
Pas grave, le super héros marseillais est plein d'astuces.
Interdit de déposer des ordures ? On les suspend à des clous dans le mur.
Interdit de jouer au ballon au bord de mer ? Il y a vraiment quelqu'un qui a pu imaginer ça possible ?
Interdit d'accéder à cette plage sans payer ? Pas grave, on arrive par la mer.
Interdit d'accéder à la calanque ? Foutons le feu, après, personne n'en aura plus rien à battre.
Interdit d'amener son chien ? Mais c'est pas le mien, je vous jure !
Interdit de jeter les ordures des restaurants dans les calanques ? Attends la nuit.
Interdit de détériorer les vélibs ? Donne-leur une leçon de nage dans le Vieux-Port.
Interdit de passer des armes blanches dans les collèges ? Et si on les lançait par-dessus les murs ?

Interdit de dealer dans les lycées ? Ya qu'à aller dans les écoles !
Interdit d'arracher le sac à la petite mamie ? Cassons-lui la gueule d'abord, comme ça, elle nous le donnera d'elle-même.
Interdit de voler les enjoliveurs ? Vous êtes dans la voiture, oh, pardon, je vous avais pas vus.
Interdit de prendre le bus sans titre de transport payé ? C'est pas moi, c'est lui !
Interdit de faire preuve de discrimination ? Mais, taper du pédé, c'est du jeu, c'est pas grave.
Interdit d'être sexiste ? Quoi, une main au cul, c'est qu'elle est mignonne, non ?
À chaque problème sa solution. T'inquiète !
Contourner la loi, c'est le sport local, encore plus écrasant que le foot.
Ça fait sourire les touristes.
C'est typique.
C'est honteux.

Merveille

D'une région brûlante et aride,
Je pénètre dans la forêt Savoyarde
Où ma peau ne sent plus la brûlure de juillet,
Mais la fraîcheur d'une inhabituelle humidité.
L'ombre des sapins altruistes
Calme mes yeux que la vive lumière irrite.
Je n'entends tout d'abord que le silence.
Puis le bruissement du vent dans les feuilles de l'espace.
Je m'approche doucement d'un petit ruisseau
Dont l'eau est si claire que j'y vois l'effet du pinceau
Qui a donné aux pierres, au fond, tant de nuances.
La vie foisonne, s'abreuvant goulûment de cette semence.
Je sens la mousse, d'un vert criant de vie
Qui est recouverte d'herbe et de feuilles parfois jaunies.
Les insectes, grouillent et se dépêchent de vivre,
Les animaux, cachés, attendent mon départ pour
retrouver leur havre.
Tout est à sa place, tout est parfait.
Sérénité et sentiment d'être une intruse qui défait
Un ordre des choses qui ne doit pas être dérangé.
Puis, me baissant, je soulève une feuille immense,

Une splendide fraise des bois dort sur un tapis de mousse.
Chut, quittons respectueusement cette aventure.
Perfection de la nature,
Merveille de peinture.

Mets-toi en colère

Mets-toi en colère, rebelle-toi,
Une énorme lame tu leur envoies,
Gronde, rugis, tonne, détrempe, ta loi
Devrait passer avant leur « d'abord moi ».

Leurs immondices en toi sont déversées,
Ils pillent, saccagent et te mettent à genou,
Ils ruinent toutes tes fragiles beautés,
Et sur ton compte s'amusent comme des fous.

Réveille-toi et n'accepte plus
De n'être là que pour leur plaisir,
Faire gagner de l'argent toujours plus,
Leurs intérêts vont te faire faillir.

Combien de temps encore à donner,
Combien de dégâts encore causés,
Combien de pièces en or dépensées,
Pour mieux te regarder t'effondrer.

Fais-leur comprendre et puis fais-leur peur,
Fais-leur mal et crève-leur le cœur,
Stoppe-les, déclenche ta fureur,
De compassion il n'est plus l'heure.

Empêche l'homme de te salir
Ou te dévaster de l'intérieur,
D'épuiser toutes tes ressources,
Mer du monde, mère des hommes, au combat !

Mort

Mot chargé d'angoisse, lourd de conséquences,
Entre renoncement et arrachement,
Peur du passage et terreur du néant,
Même la foi n'a pas de bras assez denses.

Un voyage jamais programmé,
Un départ jamais décidé,
Contrée jamais envisagée,
Un aller simple jamais rêvé…

Tout s'éteint, s'étiole, se corne et se fane,
Jadis si puissants, sûrs et satisfaits,
Nous devons tous, et à tout renoncer,
Et tous accepter d'éteindre la flamme.

Un voyage jamais programmé,
Un départ jamais décidé,
Contrée jamais envisagée,
Un aller simple jamais rêvé…

Mais comment accepter de tout laisser ?
Rêves, famille, soleil et corps amoureux,
Notre histoire, nos cris, nos traces en creux,
Une vague balaye notre identité.

Nature morte

Le pinceau de mes yeux brosse une nature morte.
Une télécommande, au premier plan, aux touches frénétiques
Permet un océan d'univers vides aux sensations fortes.
Derrière, un paquet de chips pour consommateur obèse éclectique
Crevé, dévidant des pétales d'huile pour infarctus,
Parsème à sa gauche un portable, extension du membre humain supérieur
Qui fait éclater des voix discordantes, parlant sans s'écouter, fœtus
De langage où le néant s'allie aux vidéos ineptes.
Frayeur,
Devant ce trésor vide qui asservit l'espèce humaine.
À sa droite, une montre inlassable, qui accélère son message
Pour pousser l'homme vers toujours plus de vitesse, de superficialité et de haine
Qui, dans un tourbillon quotidien, n'a plus le temps d'être sage.

Il n'y a pas de fleur dans cette nature morte, car il n'y a
Plus le temps, la place, la force d'admirer le beau, le frêle, le paria.
Rien ne vit, rien ne vibre sur cette table,
On est tous réduits à vivre cette fable.
Notre nature morte,
Notre nature est morte.

Ourse

Imposante et placide, je grimpe les sommets avec mon petit derrière moi.
Appréciant le soleil après la fraîcheur des sous-bois d'où l'on sort,
Je jette un regard sur l'agitation des hommes enfiévrés en contrebas,
Trouver une anfractuosité dans les rochers pour abri, y relâcher ses efforts.

Je redoute les loups affamés de chair et les chasseurs affamés de gloire.
Mes traces de pas s'enfoncent dans la terre humide de la dernière pluie,
La montagne garde mes empreintes pour preuve, qu'importe, je suis fière,
Déterminée, puissante. Personne ne nous menacera, j'y veillerai, fils, promis.

Je sens les odeurs des plantes et des petits animaux cachés à cette heure.

Demain, nous descendrons vers la rivière regorgeant de
saumons à suivre.
Le soir s'installe sur le toit du monde, nous marchons
lentement, sans peur.
J'imagine des lendemains sûrs pour mon ourson qui doit
apprendre à survivre.

Je ne sais pas encore qu'il est condamné. Je ne sais pas
que je dois mourir demain.
Je ne me doute pas qu'un fusil viendra stopper net cette
marche de vie immuable,
Je ne me doute pas qu'un homme se dressera contre notre
avenir serein.
Je n'ai pas idée de la fureur de mes hurlements et de mes
coups formidables.

J'aurais préféré mourir déchiquetée par des loups
affamés ; cycle naturel d'éternité.
J'aurais préféré être dépecée par des guerriers chasseurs,
des berserkers habités
Qui auraient porté ma peau et reconnu ma force en
espérant se l'approprier.
Ma tombe sera ce cliché posté sur le net où la folie de
l'homme m'aura écrasée.

Poésie

Ordonner les douleurs,
Dénombrer les sensations,
Trouver les mots,
Réécrire un nouveau langage,
Y mêler des images,
Calmer mon âme,
Se jouer du prévisible,
Se surprendre,
Bâtir un nouveau monde,
Donner du sensible,
Faire vibrer les émotions,
Et les cordes de musique,
Transformer et embellir,
Dénoncer et accuser,
Crier ce qui doit être,
Proposer un point de vue décalé,
Refuser le navrant,
Créer du marquant,
Faire réagir.

Torpeur

Qu'ont dans la tête ces fantômes sans sève,
Indifférents à ce qui les entoure,
Sans réaction et sans aucun rêve ?
Ils vont, comme des automates sourds.

Programmés, soumis et conditionnés,
Ils suivent tous le chemin tout tracé,
À plus rien ne réagissent, impassibles,
Plus rien ne les réveille, insensibles.

Uniquement absorbés par le vide,
L'ineptie du virtuel qui dévore
Leur cerveau, leur temps et leur vie laide,
Il ne leur reste plus que la torpeur.

Broyés par une active machinerie,
Qui veut des êtres dociles et soumis,
Les hommes de demain, lents et résignés,
Se lèvent et travaillent jusqu'à en crever.

Faites péter ce Métropolis débile,
Refusez cette molle uniformité,
Révolutionnez ce futur servile,
Espérez un cri pour l'humanité.

Retrouvez l'odeur de l'herbe coupée,
Riez avec votre enfant dans vos bras,
Regardez les étoiles, la nuit tombée,
Rêvez de ce que demain vous donnera.

Mondes imaginaires

À la croisée des mondes

Seul, à la croisée des mondes,
J'avance vers demain, je flotte,
Monde marin sous mon voilier,
Un rien me ferait chavirer,
Monde de Terre que je quitte,
Plus rien ne me porte atteinte,
Monde de l'air dont dépend
Mon voyage, souffle tes vents.

Être vulnérable et roi,
Sur un frêle îlot de bois,
Je me sens pourtant si grand,
Au milieu de ces courants,
De ces écumes lunatiques,
À la merci des bourrasques.
Les terres vertes vues en rêve
À portée de main, se lèvent.

Les dieux n'ont qu'à me guider,
Si telle est leur volonté.
Conquérant confiant, je vogue,

Vers de nouvelles îles,
Pleines de promesses fertiles,
Dont je façonnerai le rôle.
Un nouveau monde à bâtir,
Une seconde chance à saisir.

Anémié animisme

Après tant de bruits, de combats et de furie,
Il aspire au calme et au repos mérité.
Après tant de frénésie, de courses et de cris,
Il espère un nid où se régénérer.

Laissant derrière lui la terre nue et ravagée,
L'homme ferme ses yeux brûlés par les flammes.
Images intolérables, dans le noir, diluées,
Il entreprend de voir désormais de son âme.

L'homme, saturé de sons, prie pour devenir sourd.
Le silence vibre encore assez, oreilles meurtries,
Saignant d'avoir entendu l'infâme. Le retour
Du vide guérisseur réveille l'écoute infinie.

Les mains de l'homme, dures, lasses et tailladées
Cherchent un lit de mousse, un âtre doux et chaud.
Les doigts effleurant la fréquence des rochers,
La paume attentive aux murmures des troncs hauts.

Yeux clos dans ta nuit, oreille fermée à jamais,
Assieds-toi. Écoute les vibrations, vois les vagues.
Caresse la terre qui te parle. Ralentis. Renais.
Goûte la connexion, sens de la nature la fougue.

Redeviens une humble petite partie du grand tout.

A-venir

Demain sera lumineux,
Finies toutes les bactéries,
Tous des centenaires affreux
Rajeunis par chirurgie.

Demain sera confortable,
Dans des grottes climatisées,
Des gros frigos formidables,
Hypnotisés par Télé.

Demain sera compétitif,
Rois guerriers en beaux costumes,
Asservissent, défi sportif,
Des pions vidés, des légumes.

Demain sera sain et vert,
Tous réfugiés dans le nord,
Car le sud sera désert,
Mangeant fausse viande, fruits retors.

Demain sera multitude,
Ethnies, démographie folles,
Rallongeant plus les études,
Tueront pour un verre d'eau, lol.

Demain sera spirituel,
Dollar, électricité ;
Dieux affables sans lesquels
À l'âge de pierre, on serait.

Moi, j'aurais peur de demain ?
Pourquoi donc ? Tout semble super.
Être un ermite, prendre un train,
Fuir et courir ventre à terre…

Chaman

Expert de l'invisible, j'ai besoin de toi,
Mon tambour cadence ta danse millénaire,
Nos chants à l'unisson attirent les âmes vers toi,
Forces obscures chuchotant à ton oreille.

Appelle-les pour les consulter, les recevoir,
Pose-leur mes questions, dis-leur tous mes espoirs,
Demande-leur la guérison de mes douleurs,
Explique-leur la substance de toutes mes peurs.

Alors seulement, je te rejoindrai dans ta transe
Pour m'envahir avec toi de ces forces confuses,
Interreliés aux esprits, connaissant leurs ruses,
Voyage cosmique concentrique, je m'élance.

Lilith

Belle, s'essuyant du revers de la main
Le sang coulant de ses lèvres gonflées,
Accroupie, les yeux brillants et sereins,
Au-dessus d'un Adam énucléé.

Il lui a préféré l'autre femme
Dont le ventre donne la vie avec joie,
La soumise, la fidèle, la douce âme,
Celle contre qui on ne gagne pas.

Sa rage a parlé, son corps a crié,
Ses sens électrisés et excités
Par l'étreinte tout juste terminée,
Le démon a lâché le couperet.

N'existant que par l'émoi qu'elle suscite
Lilith se meurt de n'être que cela,
Son ventre vide n'est pour lui qu'une fuite,
Miroir de sa virilité d'apparat.

Elle leur fera payer, à tous ceux-là
L'amante passionnée, la désespérée,
Qui brûle d'être plus qu'un corps posé là,
Sera satanique et terrifiera.

Beauté et malédiction se joindront,
En une éternelle et terrible union.

Ondine

Des heures et des années, ma mère,
À coiffer mes longs cheveux blonds,
Trempant mes pieds dans l'onde claire,
Reviendra-t-il à la raison ?

Il a goûté à ma chaleur,
Il m'admirait sous la cascade,
Serrait mon corps avec ardeur,
Fiévreux, des baisers en myriades.

Puis, l'absence. Je l'appelle en vain.
Je flotte sur l'eau et le cherche.
La rivière m'enveloppe, m'étreint,
Elle me console et m'apaise.

Même mes trésors au fond de l'eau
N'ont plus de valeur à mes yeux.
Les pierres de feu pleurent en écho,
Les reflets s'assombrissent, il pleut.

J'ai perdu mon âme, ma visée,
Je ne parviens à le trouver
Pour l'empêcher de respirer,
Alors je laisse l'eau s'infiltrer.

Mes poumons doucement se remplissent,
Ma vue se brouille, tout se déforme,
Mon cœur s'affole dans le silence,
Mon soupir a le goût des larmes.

L'invisible

Tu ne t'appartiens pas.
Ta propre définition
N'est que l'accumulation
Des legs d'autrefois.

Les rides sur ton front
Sont l'empreinte des pères
Durs, colériques et fiers
Au regard de charbon.

Tes larges épaules
Sont la charpente de vies,
Nids protecteurs bâtis,
Puissantes boussoles.

Les mondes nordiques t'appellent.
Tu y cèdes et appliques,
Viking anachronique,
Les valeurs ancestrales.

Tes chaudes et douces mains,
Sensibles, tendres caresses,
Deviennent marteaux, richesses
D'antiques combats lointains.

Tes peurs, tes failles, tes doutes
Ne sont que prolongement
De tourments résonnants
Issus d'antiques routes.

Fruit des anciens destins,
Sans conscience des forces
Qui t'habitent et te poussent,
Va, serein, vers demain.

Même si ton toi t'échappe,
Sans lisibilité,
Suis la voix des aînés,
Invisibles adeptes.

Ragnarök

Le frêne omniscient est noyé, obscur,
Sous les larmes du chaos.
Les trois Nornes ; passé, présent et futur,
N'en finissent plus de sectionner les destins des héros.

L'arbre du monde est attaqué de toute part.
L'aigle à son sommet et les cerfs qui arrachent
Les feuilles de l'Histoire.
Le féroce loup a dévoré le dieu borgne,
Et l'immense serpent se faufile autour des racines
D'Yggdrasil, souffrant et agonisant.
Le soleil a embrasé les collines.
La glace a recouvert tous les champs.

Le climat, en colère et déchaîné
Vient frapper le monde de plein fouet.
Les hommes ont oublié l'équité,
Les lois, la justice et la paix.
Emplis de violence, commettant les pires exactions,
Ils en oublient les derniers remparts contre la damnation.

Voici la fin d'un monde, ensevelissant
Les dernières civilisations sanglantes,
Laissant éclore un âge nouveau, moins désespérant,
Avec une espèce plus sage et moins ignorante.

Odin le savait ; il avait sacrifié un œil,
Attaché à l'arbre-monde, pour acquérir
Sagesse et connaissance, le murmurant à l'écureuil
Qui sans cesse va et vient de la cime aux racines pour garantir
L'harmonie des attaques maléfiques du ciel et de la terre.
Le vieux combattant, ayant vécu plusieurs vies,
Souris et pleure, reste confiant et désespère,
À l'aube d'un jour nouveau, conscient de la valeur de la vie.

Demain sera-t-il plus clair ?

Table des matières

Imprimé en France
Achevé d'imprimer en juin 2023
Dépôt légal : avril 2023

Pour

Le Lys Bleu Éditions
40, rue du Louvre
75001 Paris